KB093343

울음소리만 놔두고 개는 어디로 갔나

김기택

울음소리만 놔두고 개는 어디로 갔나

김기택

PIN

012

차례

PIN

012

울음소리만 놔두고 개는 어디로 갔나

김기택

시

화살

과녁에 박힌 화살이 꼬리를 흔들고 있다
찬 두부 속을 파고 들어가는 뜨거운 미꾸라지처럼
머리통을 과녁판에 묻고 온몸을 흔들고 있다
여전히 멈추지 않은 속도로 나무판 두께를 밀고
있다
과녁을 뚫고 날아가려고 꼬리가 몸통을 밀고 있다
더 나아가지 않는 속도를 나무 속에 욱여넣고 있다
긴 포물선의 길을 깜깜한 나무 속에 들이붓고 있다
속도는 흐르고 흘러 녹이 다 슬었는데
과녁판에는 아직도 화살이 퍼덕거려서
출렁이는 파문이 나이테를 밀며 퍼져나가고 있다

야생

환하고 넓은 길 뒤 골목에
갈라지면서 점점 좁아지는 골목에
어둠과 틈과 엄폐물이 풍부한 곳에
고양이는 있다.

좁을수록 호기심이 일어나는 곳에
들어갈 수 없어서 더 들어가고 싶은 틈에
고양이는 있다.
막 액체가 되려는 탄력과 유연성이 있다.

웅크리면 바로 어둠이 되는 곳에
소리만 있고 몸은 없는 곳에
고양이는 있다.

단단한 바닥이 꿈틀거리는 곳에

종이 박스와 비닐 봉투가 솟아오르는 곳에
고양이는 있다.

작고 빠른 다리가 막 달아나려는 순간에
눈이 달린 어둠은 있다.
다리와 날개를 덮치는 발톱은 있다.

찢어진 쓰레기봉투와 악취 사이에
꿈지럭거림과 부스럭거리는 소리 사이에
겁 많은 눈 더러운 발톱은 있다.

바퀴와 도로 사이
보이지 않는 속도의 틈새를 빠져나가려다
터지고 납작해지는 곳에
고양이는 있다.

신선횟집

사흘 전에 죽어 있던 큰 민어가

아직도 수조 안에서 뒤집어진 채 떠다니고 있습
니다.

죽도록 팔리지 않은 민어도 끈질기지만

죽도록 사 먹지 않은 손님들도 그 못지않게 끈질
깁니다.

끝까지 사 먹지 않는다면

맵고 짠 국물에다 푹 끓여 내놓을 생각으로

그대로 놔두는 횟집 주인은 며칠 더 끈질길 예정
입니다.

이래도 안 사 먹을지 어디 두고 보자고

누가 이기나 한번 해보자고

민어는 눈깔을 허옇게 뒤집고 주둥이를 컴컴하
게 벌리고 있습니다.

안 팔리는 민어, 안 오는 손님, 하품하는 주인 앞에서

짓이겨진 파리가 말라붙은 파리채는

별일 없다는 듯 식탁 위에 한가하게 놓여 있습니다.

개는 어디에 있나

아침에 들렸던 개 짖는 소리가
밤 깊은 지금까지 들린다

아파트 단지 모든 길과 계단을
숨도 안 쉬고 내달릴 것 같은 힘으로
종일 안 먹고 안 자도
조금도 줄어들지 않는 슬픔으로
울음을 가둔 벽을 들이받고 있다

아파트 창문은 촘촘하고 다닥다닥해서
그 창문이 그 창문 같아서
어저께도 그저께도 *그끄저께도*
그 얼굴이 그 얼굴인 주민들 같아서
울음이 귓구멍마다 다 돌아다녀도
개는 들키지 않는다

창문은 많아도 사람은 안 보이는 곳
잊어버린 도어록 번호 같은 벽이
사람들을 꼭꼭 숨기고 열어주지 않는 곳

짖어대는 개는 어느 집에도 없고
아무리 찾아도 개 주인은 없고
짖는 소리만 혼자 이 집에서 뛰쳐나와
저 집에서 부딪치고 있다

벽 안에 숨어 있던 희고 궁금한 얼굴들이
베란다에 나와 갸웃거리는데
어디서 삼삼오오가 나타나 수군거리는데
흥분한 목소리는 경비와 다투는데

울음소리만 혼자 미쳐 날뛰게 놔두고

아파트 모든 벽들이 대신 울게 놔두고

개는 어디로 갔나

왜 그러나 했더니

갑자기 미간이 찌푸려지기에
왜 그러나 둘러보니
승객들을 헤치고 동전 바구니를 앞세운 찬송가
가 오고 있다
뜬금없이 동작이 멈춰지기에
왜 그러나 살펴보니
모든 동작 그만이 하의 실종 여자 다리를 쳐다보
고 있다

뒤뚱뒤뚱 달려온 할머니 앞에서 전동차 문이 닫
히자
손이 자동으로 문틈에 지팡이를 집어넣었다고
한다
이물질이 낀 채로 전동차는 출발하고
전동차 안 승객들은 비명을 지르며 문을 두드렸

지만
　끌려가면서도 할머니는 지팡이를 꽉 쥐고 있었
다고 한다
　으스러지고 터지는데도 놓지 않았다고 한다

　삼만 원밖에 없어서 지갑을 돌려주려 했지만
　이미 지갑의 주인을 죽여서 어쩔 수 없이 챙겼다
고 한다

　문에 걸리고 자꾸 어깨들과 부딪치기에
　왜 그러나 돌아보니
　자동문이 다 열리기도 전에 내가 나가고 있다
　지하철역 변기 앞에 서자마자
　십여 미터 전부터 헐레벌떡 열어둔 지퍼에서
　억지로 내려도 조금 덜 열리는 지퍼에서 오줌이

터진다

　찌개가 나오지도 않았는데

　공깃밥이 반이 없어지고 김치 그릇은 비어 있다

사람 냄새가 난다

아무리 둘러봐도 사람이 없는데 사람 냄새가 난다
인간적인 너무나 인간적인 냄새가 난다
참을 수 없는 존재의 가벼운 냄새가 난다
주위를 한참 살펴보니

구멍이 많은 하수도 맨홀이 있다
무언가 뚱뚱하게 부풀고 있는 꺼먼 비닐봉지가
있다
둥글게 모여 거뭇하게 말라가는 토사물이 있다

다 보인다 아무리 꼭꼭 숨어도 머리카락이
다 보인다 안 보는 척 내리깐 눈도 뒤통수도 내
장도
다 보인다 들키고 싶어 안달하는 몸짓과 눈빛과
뜨거운 신음도

다 보인다 몸이 다 사라져버렸는데도

과도하게 흥분한 상태임이 틀림없다

뚜껑 열린 머리에서 김이 모락모락 나고 있는 게 분명하다

할 말들이 내장을 닦달하며 끓고 있는 게 확실하다

제 기운을 다해 눈알에 초점을 모으고 있을 게 뻔하다

막무가내로 아아

기체의 손가락들이 긴 손톱으로 허공을 북북 긁고 있다

안간힘과 발버둥이 냄새에서 빠져나오려고 기를 쓰고 있다

끝내 참지 못해 내 코는 재채기를 터뜨린다

튀어나온 침방울들이 아침 햇빛을 받아 반짝거
리며 싱그럽게 퍼진다
하수도 위에 검은 비닐봉지와 토사물 위에

누구인가 저 냄새 속에 제 존재를 남김없이 흘리
고 간 자는
누구인가 바지를 잡고 울며 매달리는 냄새를 냉
정하게 뿌리치고 홀로 떠난 자는
누구인가 이미 떠나버렸는데도 아직 떠나지 않
은 자는
누구인가 자신을 다 버리고도 여기에 온전하게
남아 있는 자는
누구인가 냄새 속에서 부글부글 익어가면서 자
신을 완성하고 있는 자는

냄새의 발원지

푸른 하늘 흰 구름에서 오징어 굽는 냄새가 난다
나뭇잎이 바람에 뒤집힐 때마다 삼겹살 냄새가
난다
유리창에서 개 비린내가 난다
무늬들이 우글거리는 벽지에서 바싹 말린 쥐포
냄새가 난다

환기구와 창틈과 콧구멍 땀구멍 들이
일제히 벌름거린다
꽁치 냄새가 시멘트 벽을 튼튼하게 떠받치고 있다
삶은 혀와 구운 눈알 냄새가
근육질 소파와 뭉치고 찌든 침대를 푹신하게 만
들고 있다

악취가 진동하는데 어딘지 모르겠어요

아무래도 301호 같아요
안에서 텔레비전 소리는 나는 것 같은데
열흘이 넘도록 드나드는 사람도 없고 인기척도
없어요

텔레비전 보는 사람들이 들여다보이는 전자레인
지 안에서
뻥, 뻥, 무언가 터지는 소리가 들린다
디지털 도어록으로 안전하게 잠긴 압력밥솥 안에서
부글부글 무언가 날뛰는 소리가 들린다

신경성후각상실증과 습관성후각마비증을 향하여
뚱뚱하게 부푼 향기를 숨긴 첨가물 냄새가 온다
저열량 저염 무가당 고단백 토사물 냄새가 온다
갖은 양념으로 버무린 하수구 냄새가 온다

오늘도 걷는다마는

멀어서 희미하게 보이는데도
누가 걸어오는지 바로 알 것 같다
걸음걸이에서 얼굴과 표정이 다 보일 것 같다

관절에 매달린 뼈가 떨어졌다 이어질 듯
덜그럭거리는 걸음이다

공 대신 허공을 찬 발이 신발을 날리듯
제 발을 팽개치며 걷는 걸음이다

걷는 게 귀찮아 죽겠다는데도
발이 자꾸만 따라와서
어쩔 수 없이 걸어준다는 걸음이다

요즘 문학상도 받고 부르는 데도 많아

발걸음에 제법 힘이 붙을 만한데도
풀썩 주저앉을 것 같은 걸음은 바뀌지 않는다

걸음걸이가 다리가 되어버려서
다른 다리로 바꾸기는 글러버린 것 같다

다리에 얹혀사는 상반신이
넘어졌다 일어나도 모를 것 같은 걸음이다

쪼그리고 앉아서

길가에 쪼그리고 앉아 피우는 담배 연기를
햇빛이 투명하게 비추고 있다.
느릿느릿 움직이며 얽히는 연기 타래의 결들을
햇빛이 하나하나 풀고 있다.

연기 뭉치를 푸는 햇빛 가락에는
손톱이 달려 있을 것 같다.
그 가락이 헝클어진 머리카락도 풀어줄 것 같다.
제멋대로 길을 내며 얼굴을 지나가는 주름도
가지런히 빗어줄 것 같다.

바쁠 게 없는 담배 연기를 닮아
지나가는 사람들도 느리다.
아무리 느리게 풀려도
결코 다 풀리지 않은 적이 없는 연기를 닮아

지나가는 차들도 느리다.

마땅히 갈 데도 없는데
괜히 발들은 지나가고 괜히 바뀌는 구른다.
괜히 뭉게뭉게 구름은 떠 있다.
고양이는 핥던 발바닥과 똥구멍을 또 핥는다.

등은 구부러지고 배는 들어가서
강아지처럼 올려다봐야 하는 자세.
맨발에 쓰레빠가 딱 어울리는 자세.
무릎 튀어나온 추리닝 바지가 좋아하는 자세.

쪼그리고 앉아 피워서
담배 연기는 꽃보다 느리게 피어난다.

노크

굳게 닫힌 문
열리기 전까지 벽이 되어 있는 문
빛과 빛을 자르고 있는 문
안과 밖을 나누고 있는 문
너와 나를 차단하고 있는 문에서

똑똑똑
손가락이 설레는 소리
체온과 들숨 날숨과 심장박동이 팔과 손가락을
지나
한 점으로 모였다가
살과 뼈와 피를 퍼뜨리며 날아가는 소리
문 앞까지 줄지어 모인 내 발자국을 다 퍼내는
소리
말이 아니면서 이미 말인 소리가

똑똑똑

문안과 문밖의 공기를 뒤섞고 있다

문안과 문밖을 이어주고 있다

방과 복도를 이어주고 있다

문안의 귀와 문밖의 귀를 이어주고 있다

문안의 심장과 문밖의 심장을 이어주고 있다

똑똑똑

긴 복도가 방 안으로 밀려 들어간다

너를 향해 걸어온 내 모든 발자국들이 밀려 들어
간다

방이 통째로 복도로 밀려 나온다

네 심장과 허파가 함께 밀려 나온다

밀려 들어가는 복도의 힘에 떠밀려
밀려 나오는 방의 힘에 이끌려

문이 열리려 한다
네 눈과 내 눈이 바로 맞붙으려 한다
네 입이 내 귀로 내 귀가 네 입으로 들고나려 하고
네 심장과 내 심장이 함께 붙어 뛰려 하고
네 체온과 내 체온이 맞잡으려 한다

유기견

쓰레기통에서 낡은 개가죽 하나를 주워 걸친

유기견 한 마리가

마지못해 걷던 걸음을 멈추고

들고 싶지 않은 머리를 간신히 들어 나를 쳐다보

고 있다.

무표정한 슬픔도 무거운 얼굴을 들어

볼 것도 없는 것을 애써 쳐다보고 있다.

펼쳐진 골판지 상자 밖으로 시커먼 발바닥을 내

놓고

먼지와 소음 속에서 자는 노숙자

안에서 살던 마음이

조금이라도 편안하게 비참해질 자리를 찾아 돌

아다니다가

오늘은 유기견 안에 자리 잡고 노숙하고 있다.

슬픔이 너무 꼬질꼬질하고 꾀죄죄해서

작정하고 문질러 빨아 말려도

본래의 슬픔으로 되돌아올 것 같지 않다.

한창 싱싱하고 힘이 넘쳤을 때 저 슬픔은

크게 부풀었다 졸아들기도 하고

떨며 닥치는 대로 붙잡거나 기대기도 하고

길길이 뛰는 울음을 잡아 앉히느라 허우적대기

도 했을 것이다.

그러나 이제 유기견에서 나와

한겨울 추위를 견딜 다른 따뜻한 거처를 잡기에는

너무 지쳐 있는 것 같다.

왈칵 쏟아질 것 같은 울음이

멍청한 듯 보이는 표정 안에 굳어져서

슬픔을 느끼지 못하기에 알맞은 지능 안에 갇혀서

낯선 이를 보아도 짖을 줄을 모른다.

짖는 소리가 얼마나 컴컴한 곳에서 나오는지

얼마나 좁은 통로를 비집고 올라오는지
헤아릴 엄두도 내지 못하는 것 같다.
슬픔에 다시 네발이 달려서
개기름과 때에 찌든 털이 수북하게 덮여서
귀찮아도 어쩔 수 없이 어기적거리며 걷고 있다.

환풍기

한숨에 환풍기가 달린다

아무 데나 들이받으며 나갈 곳을 찾던 바람이
피부를 뚫어 입 구멍을 내고 나와
벽에 환풍구를 뚫는다

환풍기에 빨려 들어가는 상체
버둥거리다가 풀썩 떨어지는 하체

방 안이 크게 부풀었다가 확 쪼그라든다
이음새 헐거운 바람이 덜덜거린다

어제보다 오늘 나는 조금 더 시체이다

이름에는 몸이 없어서 좋다.
몸이 변질되는 동안에도 이름은 그대로이다.

시체가 되어 썩은 국물을 흘리는 동안
몸이 이름에서 격리되는 동안
두껍게 밀폐된 어둠이 죽음을 덮어 가리는 동안
이름은 허리를 굽히고 말을 붙이며
조문객들을 맞았다.
죽지 않은 이름과 악수한 몇몇 조문객은
눈으로 영정을 만지며 글썽거렸다.
이름에서 주름이 생기도록 울먹였다.
차갑게 굳은 살 안에서 썩은 수프가 걸쭉해지는
동안
이름이 얼마나 자상하고 따뜻했는지
안타까워하는 이가 있는가 하면,

이름이 쓴 게 정말로 시가 맞느냐고
숙제 검사를 하는 것도 아닌데
30년 동안 어쩌면 그렇게 똑같은 얘기를
지치지도 않고 쓸 수 있냐고
취한 입으로 침 튀기며 비아냥거리는 이도 있었다.
태우거나 묻지 않아도 이름은 안전했으므로
아무도 시체 냄새를 맡지 못했으며
시즙이 튄다고 놀라 피하는 이도 없었다.

어제보다 오늘 나는 조금 더 시체이다.
투명한 이름을 향하여 날마다 분마다 초마다 나
아간다.

그런 뜻으로 말한 게 아녜요

당신이 모욕당한 게 내 혀 탓인가요?
당신이 짓밟힌 게 내 말 때문인가요?
당신은 속이 뒤집히고 펄펄 끓었다지만
먹을 수도 잘 수도 없었다지만
숨 한번 제대로 쉴 수 없었다지만
나는 그런 뜻으로 말한 게 아녜요.
당신의 근육은 스스로 부들부들 떨었고
당신의 눈에는 저절로 핏발이 섰어요.
자다 말고 일어나 벽을 치며 악쓴 것도
당신 몸이 스스로 저지른 짓이지
내 말이 그랬다는 증거 있어요?
설사 내 혀가 그런 말을 했다 해도
나는 혀에게 그런 말을 시킬 생각이 없었어요.
뱉고 싶은 침이 자꾸 고이는 걸 어쩌라고요.
내 말이 설사 당신 몸으로 들어가

갖은 행패를 부렸더라도

뉴런과 신경망과 핏줄을 속속들이 들쑤셨더라도

나는 전혀 그럴 생각이 없었어요.

내 말이 아직 당신 귀에 남아 있더라도

내 입에서는 아주 오래전에 떠났고

지금은 아무 흔적도 없어요.

당신은 이미 그때 죽었다지만

먹고 싸는 거죽만 남기고 죽어버렸다지만

내 말은 절대로 당신을 죽일 뜻이 없었어요.

지팡이

지팡이에 몸무게가 있다
머리와 심장과 숨통이 누른 자리에
땅바닥이 파인다
지팡이 끝에서 뿌리가 생기도록 파인다

한 걸음에 한 사람
한 걸음에 한 몸뚱이
한 걸음에 한평생

왼발과 오른발 사이에서
걷는 다리와 못 걷는 다리 사이에서
쓰러지려는 몸과 나아가려는 걸음 사이에서

중심을 잡으며 내딛는 세 번째 다리
막 쓰러지는 몸을 걸음으로 만드는 다리

팔에서 뻗어 나와 땅을 짚는 순간 걸음이 되는
다리

　　살아 있는 왼 몸과 죽어 있는 오른 몸 사이에서

　　한 걸음 내디딜 때마다
　　한 번씩 쓰러지는 걸음
　　쓰러지기 직전에 일어나는 걸음
　　일어나자마자 쓰러질 것 같은 걸음을

　　그 엇박자 그 어긋남이 일으키는 난폭한 진동을
　　떨림으로 흡수하며 나아간다

비둘기집

쫓아도 자꾸만 온다.
베란다 난간
늘 앉아 있던 자리에 다시 와서 앉는다.
날개가 있지만 날려고 하지 않는다.

처음엔 비둘기 울음소리가 들렸으나
나중엔 늙은 늑대 울음소리가 나왔다.
너무 울어 목쉰 통곡 소리였다.
들짐승들이 목청에 우글우글하였다.
한밤중에 우는 소리들이었다.

일요일 아침
봄볕이 잘 드는 베란다에는
꽃나무 대신 화분에 비둘기가 심어져 있다.
잎은 떨어져도

뿌리는 자꾸 제 화분으로 파고든다.
뽑아내도 자꾸 자란다.

주문한 지가 언젠데 여태껏 안 오냐고
언성을 높여도 치킨은 안 오고
털도 뽑지 않은
튀겨지지도 않은 비둘기만 자꾸 온다.

비둘기집 일체형 베란다는
아파트 계약에 기본 선택사양이다.
베란다를 통째로 뜯어버리지 않는 한
비둘기를 쫓아봐야 헛일이다.

밖에 나가서 볼 땐 비둘기였는데
안에 들어와서 보니

실외기에 덕지덕지 말라붙은 똥이다.

프라이드치킨

거리에서 닭 튀기는 냄새가 난다.
닭살에서 오톨도톨 기포 돋는 소리가 난다.
튀겨지는 눈알이 커다랗게 부푸는 소리가 난다.
튀김옷 안에 숨어 들끓는 울음소리가 난다.
들썩거리는 기포를 격렬하게 긁는 소리가 난다.

놀란 날개가 퍼덕거리는 바람에 끓는 기름이 튀어
내 살갗 위로 떨어진다.
뜨거운 기름에 진저리 친 자리마다 닭살이 돋는다.

튀겨지기 전에 닭살에는 이미 끓는 소름이 새겨
져 있다.
닭 울음에는 비명이 새겨져 있다.
날 때부터 닭다리에는 발버둥이 새겨져 있다.
닭 벼슬에는 두개골을 뚫고 거꾸로 솟은 핏줄기

가 새겨져 있다.

　그 소름과 비명, 그 발버둥과 핏줄기를

　노릇노릇한 튀김옷이 덮고 있다.

　지나가는 사람들 입안에서　바삭거리는 소리가
난다.

　쫄깃쫄깃한 군침 넘어가는 소리가 난다.

눈빛이 살갗을 찢는다

찢어지는 살갗
벌어지는 틈이 주위를 살펴보고 있다.

살갗 안에서
뻘겋게 웅크리고 있던 눈알이
눈꺼풀 밖을 염탐하고 있다.

틈이 벌어지자마자
햇빛이
주변의 시선들이
어쩔 줄 모르는 그 눈알을 찌른다.

급히 틈을 오므리며
눈알은
살갗 안으로 들어간다.

찢어졌던 맨살이 잠시 봉합된다.

어둠이 답답해지면
밖이 궁금해지면
살갗은 다시 벌어지고
멈칫하며 주저하며 눈알이 나온다.

살갗이 찢어질 때
흘러내리는 핏물을 막으려는 듯
벌어진 틈이 껌벅거린다.

빛과 시선을 피해
급히 살 속으로 숨다 들킬 때
축축하고 뻘건 속살이
눈알에 묻어 나온다.

노크 2

밖에서 오는 진동인지 몸 안의 떨림인지
아파트 어느 층에서 벽을 타고 오는 소리인지
쿵쿵대는 소리가 끊이지 않더니
머리 한쪽을 쪼아대더니
심장에서 굴착기처럼 굵어져 핏줄을 다 돌아다
니더니

쿵쿵쿵 문 두드리는 소리가 난다.
내 안에서 나간 것 같은 가쁜 숨이 현관에서 울
린다.
입 막힌 채 엘리베이터에 갇힌 공간을 끌고 와
고층 계단에서 뒤따라오는 발자국 소리를 끌고 와
쿵쿵 쿵쿵쿵 두드린다.

누구세요?

집에 여고생 한 명밖에 없는데 누구세요?
엄마 아빠는 밤늦게나 오시는데 누구세요?
엄마 목소리는 그런 늑대 소리가 아닌데 누구세요?
엄마 손에는 털과 갈고리 발톱이 없는데 누구세요?

문밖의 손은 철문을 투명하게 뚫고 들어와
문안의 손잡이를 돌리고 있는데
집 안은 훤히 들여다보이는데
소름 돋는 서늘한 감촉은 이미 치마 속으로 들어와
도망가려는 걸음을 꽉 붙잡고 있는데
침 흘리는 혀는 벌써 귀에다 진한 교성을 흘리고
있는데

쿵쿵 쿵쿵쿵 문은 여전히 소리를 두드리고 있다.

기다리래[*]

기다리래. 6835톤 배가 뒤집히는 동안, 뒤집힌 배가 선수 일부분만 남기고 가라앉는 동안, 기다리라는 방송만 되풀이하고 선장과 선원들이 빠져나가는 동안, 움직이면 위험하니까 꼼짝 말고

기다리래. 해경은 침몰하는 배 주위를 빙빙 돌기만 하고 급히 구조하러 온 UDT와 민간 잠수사들을 막고 있지만, 텔레비전은 열심히 구조하고 있으니까 안심하고

기다리래. 오지 않는 구조대를 기다리다 지친 컴컴한 바닷물이 먼저 밀려 들어와서 울음과 비명을 틀어막고 발버둥을 옥죄어도, 벗겨지는 손톱과 부러지는 손가락들이 닥치는 대로 아무거나 잡아당겨도, 질문하지 말고 가만히 앉아서

기다리래. 바닷물이 카카오톡을 삼키고, 기다리
래를 삼키고, 기다리래를 친 손가락을 삼켜도, 아직
사망이 확인되지 않았으니까 걱정하지 말고

기다리래. 엄마 아빠가 발 동동 구르며 울부짖어
도, 구조된 교감 선생님이 터지는 가슴에다 목을 매
어도, 유언비어에 절대로 속지 말고 안내 방송에만
귀 기울이며

기다리래. 죽음이 퉁퉁 불어 옷을 찢고 터져 나
와도, 얼굴이 부풀어 흐물흐물해져도, 학생증엔 앳
된 얼굴이 고스란히 남아 있으니 손아귀에 그 얼굴
을 꼭 쥐고서

기다리래. 동해물과 백두산이 마르고 닳도록 맹골수도 물속에서 기다리래.

* "기다리래. 기다리라는 방송 뒤에 다른 안내 방송은 안 나와요." 세월호가 물속에 가라앉은 지난 16일 오전 10시 17분, 세월호에서 단원고 학생의 마지막 카카오톡 메시지가 전송됐다. 오전 9시 30분 해경 구조정이 도착하고도 약 50분 뒤다. (「연합뉴스」 2014. 4. 28.)

PIN

012

머리카락 자화상

김기택

에세이

머리카락 자화상

1

머리카락 자라는 속도는 보이지 않는다. 의식하지 않을 때만 그것은 자란다. 보려고 하면 머리카락은 자라지 않고 멈춰 있다. 머리카락에 대해 생각하지 않을 때, 내 몸에 더 이상 머리털이 없을 때, 그것은 다시 자라기 시작한다. 어, 벌써 머리가 이렇게 자랐어? 머리카락이 자라는 속도는 늘 이렇게 놀라며 발견하게 된다. 내 의식 속에 머리카락이 없는 동안에만 머리카락은 자란다. 시가 없는 동안에만 시가 자라는 것처럼 말이다. 이 세상에 없는 것처럼 존재하기. 몸이 없는 동안에도 움직이고 활동하고 자라기. 존재한다는 생각이나 의식, 느낌, 그 어떤 것도 없이 그 모습 그 성질 그대로 존재하기. 그 어디에도 없는 것 같지만 왕성하게 활동하고 무성하게 자라는 운동 속에는 있는, 그 이상한 존재의 사건을 즐기기.

그동안 수백 번 머리를 깎았지만(내 나이와 머리 깎는 주기를 계산해보니, 지금까지 적어도 600번 정도는 머리를 깎은 것 같다), 머리가 자라는 순간을 눈으로 확인한 적은 없다. 머리가 자라는 것을 볼 수 없기 때문에 머리는 마음껏 무성해진다. 먹고사느라 시간에 쫓기며 정신없이 살면 머리카락이 쫓아오는 것 같다. 아니, 어제 깎은 것 같은데 또 깎아달라고? 거울을 보고 난 후 잠깐 다른 일 하다 다시 보면 머리가 귀를 덮고 있다. 거울 속에서 나는 눈을 끔벅거리며 가만히 있고 머리만 쑥쑥 자라나는 것 같다. 머리 깎으려고 이 세상에 태어난 것 같다. 그럴 때는 아무리 바빠도 최소한 머리 깎는 몇

십 분 동안은 한가해져야 한다는 사실을 참을 수가 없는 것이다. 그러거나 말거나 머리카락은 태연하다. 오로지 자라는 일에만 충실하다. 내 눈치를 보며 스스로 성장을 억제할 의향은 조금도 없다. 고의적으로 머리 깎기를 지연시키면서 머리카락 자라는 속도에 소극적으로 저항해보지만, 머리털을 통제하지 못해 거울 보기 괴로울 정도가 되면 어쩔 수 없이 그놈이 시키는 대로 해야 한다.

2

거울을 볼 때마다 머리털은 머리털이 아니라 모자이거나 장식품이다. 고집이 세서 주인이 원하는 대로 장식되기를 거부하고 제멋대로 변형되는 모자이다. 삐치고 휘어지고 구불거리며 이상한 모자를 만드는 머리카락을 볼 때마다 내 얼굴은 당황한다(미용사에 의하면, 내 머리카락은 굵고 뻣뻣해서 머리가 뜬다고 한다). 이번엔 이놈의 버릇을 단단히 고쳐놓으리라 작정하면서 빗과 헤어드라이어,

헤어젤을 들고 온다. 그러나 한참 동안 애를 쓰고도 머리를 내 의지대로 머리 위에 점잖게 품위 있게 얹어놓는 데 실패한다. 내 정수리에 뻥 뚫린 탈모를 효과적으로 가려주면서도 중후한 모자 역할을 하게 하려고 어지간히 애를 먹는다. 내가 주문하는 건 접시 위의 산낙지처럼 이리저리 돌아다니지 말고 제발 정해준 자리에 가만히 좀 있으라는 거다. 제 성질대로 움직이면서 모자의 모양을 이상하게 변형시키지 말고 얌전히 있으라는 거다. 그러나 이놈은 거울 속에서만 고분고분한 척할 뿐 내가 거울을 떠나기만 하면 제 성질대로 일어서거나 뻗어 가거나 구불거린다. 그 고집에 두 손 든다.

그 고집과 싸우지 않으려고 군인 머리처럼 짧게 자른 적이 있다. 머리에 산바람을 들여놓은 듯 시원했다. 드디어 머리카락의 고집을 꺾었다는 자부심, 이제 저놈과 싸우지 않아도 되고 헤어스타일이니 뭐니 신경 쓰지 않아도 된다는 생각에 상쾌하고 개운했다. 그런 통쾌한 기분은 며칠 가지 못했다. 머리털은 자라면서 서서히 제 본색을 드러냈다. 짧은 머리는 긴 머리보다 융통성이 없고 오로지 뻣뻣한 기운만이 자랑이어서 어떤 헤어드라이어나 헤어젤로도 통제되지 않는다. 그 막무가내는 너무나 원초적이어서 나는 손이 묶인 듯 머리카락이 하는 짓을 구경할 수밖에 없다. 삭발을 하지 않는 한 머리카락을 통제하는 일은 몹시 어렵다는 사실을 인정해야만 했다. 삭발은 일거에 그 고민을 날려줄 수 있는 방법이지만, 그럴 용기는 없었다. 그렇다고 연예인처럼 지속적으로 머리에 적지 않은 돈과 시간을 들이는 일은 엄두가 나지 않았다. 튀지 않는 평범한 베레모처럼 머리에 얹혀 있으라는 것인데 그런 소박한 소망을 이루기는 얼마나 힘든 일인가.

3

중학교부터 고등학교까지 6년간을 빡빡머리로 지내다가 고등학교를 졸업할 무렵에야 1센티미터 남짓 머리를 기를 수 있었다. 학교 운동장을 뛰어가는데 짧은 머리가 바람에 휘날리는 게 느껴졌다. 긴 머리카락을 당기며 휘날리는 바람의 기운이 모근까지 선명하게 와 닿았다. 머리 위로 울창한 숲이 움직이는 것 같았다. 긴 머리카락이 눈썹과 뺨을 덮을 것 같아 나는 머리통으로 그 짧은 머리카락을 힘껏 차올려보기도 했다.

머리카락은 동물성이면서도 식물처럼 뿌리내리며 자란다. 잔디처럼 잘려도 잘려도 자란다. 잘릴수록 더 잘 자란다. 그 머리카락이 바람의 힘을 받아서 내 몸을 깨우는 것을 느꼈을 때 내 몸은 나무가 자라는 대지가 된 것 같았다. 고등학교 졸업 후에는 6년간의 빡빡머리에 대한 보상이라도 받으려는 듯 머리를 마음껏 길렀다. 머리통 위에서 바람이 일으키는 나뭇가지와 나뭇잎의 운동을 두개골로 흡수하며 그 식물성의 힘을 만끽했다. 바리캉으로 1분이면 밀던 머리 깎기는 빗과 가위로 정성껏 다듬는 머리 깎기로 바뀌었다. 그때 귓전을 울리던 가위 소리의 상쾌한 리듬과 곡조를 내 머리는 아직도 생생하게 기억한다.

싹둑, 머리카락이 가윗날에 잘릴 때

온몸으로 퍼지는 차가운 진동.

후두둑, 흰 천 위에 떨어지는 머리카락 덩어리들.

싹둑싹둑 재깍재깍 후두둑후두둑……

가위 소리는 점점 많아지고 가늘어지더니

창밖에 가득 빗방울이 떨어진다.

흙에, 풀잎에, 도랑에, 돌에, 유리창에, 양철통에

저마다 다른 빗소리들이 서로 겹쳐지는 소리.

수많은 다른 소리들이 하나로 모이는 소리.

처마에서 새끼줄처럼 굵게 꼬이며 떨어지는 소리.

조리개로 찬물을 흠뻑 부으며

이발사는 어느새 내 머리를 감기고 있다.

수건으로 물기를 닦아내고 만져보니

머리가 더 동글동글하고 파릇파릇하다.

비 온 뒤의 풀잎처럼 빳빳하다.

　　　　　　　　—「머리 깎는 시간」 중에서

4

초등학교 시절 딸아이가 한자 공부를 하면서 '毛'를 '탈 모'라고 읽어서 방과 후 학습 선생의 웃음보를 터뜨렸다는 애기를 전해 들었다. 탈모라는 말을 얼마나 자주 들었으면 '털 모'라고 배우고도 '탈 모'라는 발음이 자연스럽게 나왔을까. 『사무원』(1999)에 탈모를 소재로 한 시 「대머리」가 실려 있는 걸 보니, 내 탈모도 20년은 넘게 진행되어온 모양이다.

당연히 대머리 아저씨 머리에 있어야 할 대머리가
어느 날, 내 거울에 와 있는 것을 본다.
죽어도 저렇게 살지는 않겠다고 발음하는 주둥이
가 달린
대머리 얼굴을 쳐다본다.
암처럼 비행기 사고처럼 당연히 남의 일이어야 할
대머리가
내 목 위에 뻔뻔하게 붙어 있는 것을 본다.

여기까지 찾아온 걸 보니

오라는 곳은 없어도 갈 곳은 참 많았겠구나.

몇 년 전에 한 신문에서 '작가들이 그리는 자화상'이라는 꼭지를 연재했는데, 나도 정수리가 벗어진 내 캐리커처를 그리면서 탈모에 대해 이렇게 얘기한 적이 있다.

드디어 나에게도 왔다. 신기하다. 늘 멀리서 존경스럽게 바라보기만 했던 근엄과 위엄과 경륜이 별 볼일 없는 내 머리까지 찾아와주었다니! 덩치가 작은데다 동안이고 내성적이어서 내 얼굴은 늘 볼품없었는데, 이제 열등감에서 벗어나라고, 중년의 품위를 갖추라고, 시간이 다 알아서 내 얼굴에 볼품을 만들어주는구나. 수천 년을 머리에서 머리로 전해오는 이 '빛나는' 전통의 반열에, 아, 영광스럽게 나도 서게 되는구나.

탈모가 오기 전, 거기에는 8 대 2로 가르마를 한, 사무원이라는 직업을 고집스럽게 나타내는 머리가 있었다. 그 머리는 내 명함이고 신분증이고 월급이었다. 늘 청결하게 다듬고 단정하게 모양을 내주어야 했다. 이제 머리가 얼굴을 바꾸어버렸다. 마음대로 생각도 직업도 신분도 바꾸라고, 스스로 해체해버리고 있다. 결코 바뀔 것 같지 않던 내 머리가, 내가, 내 고집이 머리의 과감한 변화 때문에 바뀌고 있다.

그래서 탈모가 완전한 경지에 이른 내 얼굴을 가끔 상상의 거울에 비춰 봤을 것이다. 그 거울을 보지 않기 위해 발모제로 탈모를 벗어나보려는 시도를 해본 적은 있지만, 지금은 모든 권한을 머리에 일임해버렸다. 내 머리털의 고약한 성질을 익히 경험해온 터라 탈모와의 싸움은 그 결과는 보지 않아도 알 만했다. 탈모와 싸워 이길 생각은 없었다. 상상의 거울이 내 얼굴에 대머리를 씌우는 순간의 우둔한 분노를 참지 못해서 실내로 잘못 들어온 새가 사정없이 창문과 벽을 들이받듯이 이 짓 저 짓을 해봤을 뿐이다. 탈모를 이기는 쉽고도 확실한 방법은 정수리 탈모를 당당하게 노출시켜 그것을 보는 이

들에게 탈모가 태어날 때부터 내 얼굴에 있었던 것으로 인식하게 하는 것이다. 탈모는 내 얼굴에 달려 있는 눈이나 코 같은 거야. 귀나 입이 없는 사람을 상상할 수 없듯이 탈모 없는 내 머리를 상상할 수 있겠어? 그런다고 머리카락이 내 갸륵한 성의를 봐서 탈모를 지연시켜주지야 않겠지만, 탈모가 당연하게 보이는 그만큼 내 헛수고와 헛괴로움도 덜게 될지 모른다.

5

오라고 한 적은 없지만 흰머리도 탈모처럼 당연히 와야 할 자리에 온다는 듯, 애초부터 그것은 제가 맡아놓은 자리라는 듯, 내 머리에 왔다. 너무도 자연스럽게 와서 조금도 뻔뻔스럽게 느껴지지 않았다. 처음부터 그놈에게 저항할 뜻이 없었기에 한 번도 염색해본 적이 없거니와 그런 생각조차 해본 적이 없다. 회사원 시절, 연세가 드신 사장님이, 자신도 흰머리를 보이지 않으려고 염색을 하는데 어린

놈이 버르장머리 없이 허연 머리를 드러내고 다닌다고 싫은 소리를 했지만, 끝내 흰머리를 가리는 예의를 갖추지 못했다. 내 고집도 내 머리카락을 닮아 있었던 것이다.

탈모도 흰머리도 시간을 닮아 내 생각이 닿지 않는 곳에서 진행되는 일이므로 그것과 싸운다는 것은 무모한 일이라기보다 그럴 여유가 있는 사람이 재미로 하는 일일 것이다. 누구에게나 조금씩은 장식 취미가 있는 법이다. 내가 그것과 싸우기를 포기한 것은 그 일이 재미가 없었기 때문이다. 그래도 여전히 나는 거울 앞에서 헤어드라이어와 헤어젤을 들고 머리의 성질머리를 잠재우느라 쩔쩔맨다. 몹시 귀찮아하기는 해도 나 역시 내 머리카락과 싸우는 게 아주 재미없지는 않은가 보다.

2001. 5.

울음소리만 놔두고 개는 어디로 갔나

지은이 김기택
펴낸이 김영정

초판 1쇄 펴낸날 2018년 8월 31일

펴낸곳 (주) 현대문학
등록번호 제1-452호
주소 06532 서울시 서초구 신반포로 321(잠원동, 미래엔)
전화 02-2017-0280
팩스 02-516-5433
홈페이지 www.hdmh.co.kr

ISBN 978-89-7275-913-3 03810
        978-89-7275-907-2 (세트)

* 책값은 뒤표지에 있습니다.